歌集

呑気な猫

さとうひろこ

六花書林

呑気な猫　＊　目次

I

II

装画　著者
装幀　真田幸治

呑気な猫

I

一九八七年〜二〇〇〇年

肺活量

確かなる物のかたちの崩るるごと庭の草木の茫洋と春

菜の花のまぶしきひかりの向うから老と幼と唄ひつつ来る

生きて在るそのかなしみに身を委ね季《とき》過ぐすもよし迷へる吾子よ

蒼空と光る雲海果てしなく機上のわれの全き孤独

電話の声かき消し列車過ぎゆけりこの職場にもいまはなじみぬ

幼き日痾のかぎりを泣き切りし名残としてのわが肺活量

薔薇は薔薇ダリアはダリアの彩りを咲かせて父は移り行く世に

戦ひも生活《たつき》も埒の外に置き父明朗たり花はあふれて

妹が父の和服の懐《ふところ》に抱つこさるるが羨ましかりき

たまさかの父の土産を喜べぬあまのじやくでありしかわれは

空蟬は掌にかろくして痛きかな離心の後のわれかもしれず

古時計預けしままの時計屋はまだ在るだらうか父の形見も

温もりと匂ひがふつとよみがへり今も添ふなり若き日の母

連想は山羊と母とをつなぎゐてかの優しさにわが焦《じ》れし日よ

やはやはと芽吹き初めたる柳の葉風にたはむれ悲母といふ語も

まがふなくわれはけものと確かめて産声聞きぬ記憶の底に

栄光の磔《はりつけ》のごと括られて子を産みたるぞわが蘇りなりき

夫と子と四人そろひて夕餉とるただそのことを良しとし日継ぐ

春浅き土手のなだりを駆けまはる仔犬にジョンと呼びかけてみし

泣き疲れ鍵の孔より射しきたる光が結ぶ景色見つけぬ

利根川のポンポン船に遊びてはつくしたんぽぽ雲雀も鳴きて

水量の豊けき利根の岸辺にて広がる空を子らと見てゐき

火の国生まれ

森深く隠れ住みたく思ふ日は風よ山姥のごと奔らせよ

われもまた燠抱くひとり火の国に生まれし故か否かしらねど

重き荷をひたに運びて積み上ぐるある日労働はわが祈りなり

サリサリと地球乾きてゆく今を汗したたらす人なるわれは

ダイエット拒食症とぞこの国に餓ゑのなければ蔓延《はびこ》りゆくもの

繁栄の祖国にあれば清貧のヴィヨンの妻は見当たらなくに

「荒地」とふ詩誌を見たりし君の部屋兄もわたしも稚《をさな》かりしよ

青山の地名聞くたび浮びしはリョウザンパクとふ不思議な言葉

鯨テキも味噌の美味しい溶き方も兄に習ひし青山仕込み

有斐学舎　梁山泊なる芋生邸　集ひし兄らの青春羨《とも》し

振はざる拳の行方うやむやの怯懦といふな然《しか》すがに兄

ゆらゆらとポピーの花びら点すごと朱にゆらぐをひとり視てゐき

愛称は「静御前」の幾何教師　板書なすときわれ居眠りぬ

善悪のかたまりこそが人間と言ひて逝きたる人がなつかし

はらはらと散ることかなはぬ紫陽花の花殻さびしふるさとの家

紫陽花の裡なる暗を怖れたる幼き心に齢重ねて

明日のメロン

栃の木の枝より垂れし蔓かづらのターザンごつこに風切りし午後

行き惑ひ絡み合ひたる網目なれば芳しくあれ明日のメロン

ムンクの絵の叫びの貌に出会ひたる　夜半の鏡に月光《つきかげ》させよ

天かける魔女となりたきこの夕べ茜に塔は鋭《と》く浮き出づる

降り積もる朽ち葉厚きを踏みゆけば渓流の音いよよ謐《しづ》けし

岩ばしる水の速きに眩暈《めまひ》きて溯《さかのぼ》るわれ何処へ運ばる

踏みしだく草生に飛蝗《ばつた》あまた跳ね今生《あ》れ初めしか透きて幼し

負の座標たどる我かとモノローグ霧濃き朝の白き太陽

ひかり透く琥珀の蜜は壜に沈み小虫のごときわれを映せり

陽に透ける新葉のそよぎ見てをりて放擲のこころ不意に兆しぬ

咲き誇る藤の花房仰ぎつつ薄むらさきに汚れて帰る

ひそやかに身ほとり緊りゆく秋の孔雀草かも花びら細き

石刻み幾十年を経し人の不思議の象《かたち》の石に木洩れ日

己が身を絞るがごとき寂しさの山頭火の句顕《た》ちくる夕べ

日に月にわれの戸惑ひ育ちきて血潮といふも塩水ならむ

人清くありたきものを詮なしや泥濘の中に潜めるどぢやう

電光板の数字刻々変りゆく市場《しじやう》はうごめく巨大怪獣

半切りのレモン

語りつぐ受話器の声は淋しさの果てなき穴の底ひよりくる

わが知らぬかなしみ抱きてゐるならむ黙すまま聞く遠き雷鳴

掌《て》の上の林檎の重さたしかめつ一生《ひとよ》といふは途方もなくて

半切りのレモンかじりて小半刻思ひあぐぬる指まで酸ゆき

虫の音もか細くなりて身ほとりの冷えゆく夜半よ　決めかねてをり

ゴム長のをみなの手際いさぎよく殺めることも愉しきごとし

ぬめりゐる鰻の腹を裂きてゆく手さばきあざやか惨なることも

とりとめもなく

緑透く鎌倉の山に風ありて俯瞰のわれの頬にもわたる

猫、小栗鼠、犬にも出会ふ山の道子がつぎつぎと語りかけ行く

新緑の山野巡りてひと日過ぎ眠りゆくときみどりに包まる

黄と青のインコ飛び交ひ家族らの肩より肩をつなぐひととき

青き鳥娘《こ》の眼鏡のつる伝ひゆき耳のほくろをつつく時の間

娘と小鳥語らひてをりこまやかに互ひの言葉通ずるらしも

詞《ことば》、音、しぐさ表情ハーモニイなべて類なき「たま」なるバンド

下駄をはき頼りなげなる風情もてひたすら唄ふ「さよなら人類」

暗記する子の声読経のやうに聞きこの夏の暑も峠越ゆらし

大欅並木の風に吹かれゆく晩夏の光しなやかに避け

小夜更けて厨の卓に独り覚むこのひとときにわが透きてゆく

言ひ分は父にも子にもありながら季節外れに廻る矢車

てのひらに身をゆだねては甘えたるインコは死せり月の色して

二人子の争ふ双方に加担して年の終はりを愚多愚多の母

雁来紅

天霧らふ広野歩めば天と地の間《あはひ》に孤り迷子のやうに

草原に草食む牛のそれぞれに向きを違へて動くともなし

秋めきてこころ弱りしわが眼には雁来紅が沁みるばかりに

鶏頭のはげしき紅を疎むとき夕闇はその背後《うしろ》より来る

打ちつけて破片とびちる一瞬の痛みは誰の叱責ならむ

めらめらと焔は自在に猛るとも照らさるるわが身の冷えまさる

滔々と夕べの河は動きをりこの蒙昧の意志おそろしき

霧晴るる山間の道すぎゆけば遥かに光る畑田のみどり

大いなる夕日に向かひ疾駆するスピードわがもの荒ぶる血あり

車とふ非情の流れに身をゆだね走行距離はけふ二百キロ

真夜醒めて顧客ノートをひらきをりあはれ荒野を拓くに似たり

わすれもの思ひだせずにともかくも抽斗の種子は土に播きやる

滅びゆくものに見をれど枯れ菊の根方に小さき緑が芽生ゆ

祈りの島

頭《づ》の上に供への果実高く盛り島の女《をみな》らしづしづとゆく

咲き満つる花々神に捧ぐるは朝昼夕べ　鮮やかなるバリ

肌黒き若者たちの群唱　舞ひ　神の使者なる猿を模すとふ

踊り子の指しなやかにくねらせて誘《いざな》ふ舞踏の妖しき眼《まなこ》

バリ島のアヒルも牛ものどかにて草ぶき屋根に小すずめ遊ぶ

美しき棚田耕す牛がゐていつか暮らしたる故郷めくなり

付きまとふ絵ハガキ売りの女の子買はざりしこと忘れずにゐる

浅き瀬に素足ひたして遊ぶ子の小さき命風に吹かるる

鬼ものがたり

「烏滸《をこ》がましその口鬼に裂かしめよ」火鉢の傍に祖母《おほはは》のこゑ

蔵の闇にこゑの限りを泣き切れば息吸へずして気を失ひぬ

しやくりあげ祖母のかひなに抱かれて夜声八丁《よごれはつちよ》とふ鬼を怖れき

爛漫のさくら古木にひそみゐる鬼見し母は伐らせ給ひぬ

満洲に嫁に行かされ戻り来し女《をみな》泣き暮れ鬼ばばとなる

遠巻きに村の衆に目守《まも》られて鬼ばば森にひそけく住みぬ

古き布干されし森の鬼ばばのねぐらをそつと女《め》わらべ覗く

髪撫でて恐くなかりし鬼ばばは白花つばき手折りくれしよ

女わらべは大人となりて伝へ聞くいづこともなく鬼ばば消えしを

森深く生きむか　風よ奔らせよ山姥《やまんば》となり野を駆けゆかな

無常のひとり

林間に生《あ》れ出づる水音たてて流れゆくなりちから湛へて

灰白に枝も枯葉も乾きゆく雑木林に見る空の青

山間に消えゆく虹を茫然と見てゐるわれも無常のひとり

古き本ひらけば銀の紙魚《しみ》はしる微塵の虫もわれも生きをり

風冷えてかろき心に蔓ひけばむかご玉実が頭《づ》に落ちかかる

森ふかく円形に空ひらけゐて穴の底より見あぐるごとし

朝光《あさかげ》にまふ雪片はかろやかに自在明るし人にあらぬは

朝露にぬれて直ぐ立つ水仙の白花かすかな風にゆらぐも

真樹子

音も無く朝の桜が降りて来るひとひらひとひらとめどもあらず

雑踏の中にみどり児笑みかへす花びらこぼるるやうな一瞬

風荒き街の人波かきわけて漂ふわれは木の葉のごとし

大風にもまれて着きぬ母娘展　九月十四日銀座三丁目

十八年経て会ふときにゆるやかなオーラ纏ひて近づける人

高校の寄宿舎闊歩せし真樹子現在《いま》むらさきをたをやかに着て

花の絵のやさしき母と競ひあふ真樹子のほとばしる抽象絵画

金髪のマーガレットはみどり児以来　その成長にわれおろおろす

かろやかに挑みて熄まず候鳥の北帰のこころ画布に留めよ

一瞬をいかに捕ふる汝なりや吹き出づる彩《いろ》自在の形象《かたち》

真樹子の絵音楽のやうに詩のやうに心に波紋ひろがりてゆく

由来も聞かず

甃《いしみち》にひとつ墜ちたる紅椿をはる生命の鮮《あたら》しきかな

名も知らぬ花の大束胸に抱き由来も聞かず貰ひて帰る

たゆみなき克己の歳月　美しき花の彩り歌詠み人の

朝ごとに傍《かたへ》すぎゆく梅林のつぶら実肥りて六月に入る

敏捷に道よぎりたる蜥蜴の子色鮮やかに雨あがりの朝

門ごとに黙々配るチラシにも静かな闘ひ祈りもありて

こまやかな蟻の働き見てゐるは炎天下を来て憩ひゐるわれ

木洩れ日のサラサラゆらぐ樹のもとに風の感触たしかめてをり

日光

倒木は年ふり山の湖に晒されつくしオブジェとなりぬ

束の間を共に歩める家族とふ切なきものに風が過ぎ行く

白樺の木立の中の笹原に少女のわれと父と在るがに

滝壺をはるか見下ろす木の枝に赤き実食みて日暮らす鳥よ

森深くとどろき次第に高くなり滝に出会ひぬ声あぐる瞬間

滝といふ怒濤の落下果敢なりしぶきをあびて人は優しき

天空よりしろがねの帯垂るるやう滝は眩しき光を放つ

朝まだきすでに鳴きゐる蟬の声一期《いちご》のこゑとしばし聞くなり

みどりなる味してキウイフルーツは幼き日摘みし木苺の匂ひ

巣の群落

芽吹き初む雑木林はうすみどり眩しき中にわれも入りゆく

林過ぎひらける斜面に野いちごの小さき白花群れてゆれをり

むらさきの菖蒲賢きひと群れと思ふたまゆら花も笑まふか

森深く樹木の気配を聴きをれば感官みどりに満たされてゆく

雛の声朝《あした》の森にわきたちて巣の群落といふがあるらし

黒蝶は何処に消えし残影をひきてわが目にしたたるみどり

葉に白き黴かと触るる瞬間を翅あるものが四方に跳びたつ

しらとりの群舞に似たり半夏生葉末と穂花の白きがゆるる

II

二〇〇一年〜二〇一五年

ふるさと

古家の屋根を剝がせば舞ひあがる塵埃もまた家族の歳月

紙の鶴を折りゆくやうに丁寧に生きたきものをこれよりの日は

幾百里を連れ来し小鳥ねんごろに年老いし姑《はは》の耳つつきをり

ふるき家に古雛《こびな》かざればふるさとに帰りつきしといふ安堵かな

森の上明けゆく空は広がりて羽毛のやうな雲光るなり

百日紅放恣にのびる枝えだにくれなゐの花揺るるが愉し

木立越しはるか市街が開けゐてわが立つ山路秋の風吹く

真昼間の日差しあかるき山間の宿に山女魚《やまめ》の塩焼きを喰ふ

紅葉する山にかこまれ杉の秀のみどり静けく列なしてをり

落葉つむ道は足裏にやはらかし靄のたゆたふ疎林をゆけり

吾木香あきの草野にゆれをれば寡黙の人とゐる心地する

遠浅の干潟に道があるらしく小型トラック並ぶが見ゆる

海風に吹かれただよふ赤蜻蛉ときをり向きを変へて飛ぶなり

一望の干潟の風紋ゆらぐがに弧をなしてをり残照の中

ねこの足音

白黒の仔猫一匹棲みつきぬ幸の具体はこの猫にして

机の上に体のばして眠るねこ無防備にして真白き腹は

風通りねこ通りゆく我家なり透明となりわれは微睡む

猫が来て厨のシンク覗かむとしきりに背伸びす魚さばくとき

ねこ走る運動場と化す縁が爪跡いちめん模様をなせり

かすかなる猫の足音通り過ぐわが枕辺に睡魔を置きて

とりこみの用あるさまに走り来るわが猫いささか肥満気味なり

胡坐かくかたちでしきりに毛繕ふ猫に予定のあるやもしれず

地の面を嗅ぎつつ庭を徘徊す守るテリトリー猫にもありて

凍てし朝鈴の音して帰り来るわが猫いづこに夜を過ごしけむ

卓上につと上りきて団欒に加はる猫のわけ知り顔よ

陽だまりの布団にふはり寝る猫もわれもいづれは泡沫《うたかた》と消ゆ

猫の目線

水底に魚影よぎれば湧きあがるうすき濁りに疑ひ生《あ》れて

幽かなる足音に似ると夜半に聴く降りはじめたる早春の雨

まくなぎが硝子のむかうに透きて見ゆなかなか消えぬ噂のやうに

伝ふべき言葉もたねば近づきて左手《ゆんで》を猫がしきりに舐むる

スルルルと穴に入りゆく褐色の蛇が鮮《あたら》し蛇がおそろし

唸り声みじかく吐きて飛び出だす家猫なにを守らむとする

きりもなく繰りごと言へばつゆ草の花が笑ひてあなたも愚者ね

犬蓼の白をゆらして秋の風美談といふも声なくて過ぐ

たしかなる意志を示して見上げゐる猫の目線に蒙昧のわれ

牡丹の芽

何ゆゑに真夜に目ざめし老い姑《はは》か幼の顔で茫洋と佇つ

往診の医師はかばんを閉ぢながら野球の話ひとしきりせり

尖りたる紅むらさきの牡丹の芽秘める力ものぞかせながら

パセリの葉食みつくしたる青虫が昼寝するらしパセリの色に

わが裡にままならぬもの居座りぬ火にも石にも似て　たましひか

とき過ぐることの確かさ牡丹散り姑の足どりおぼつかなくなる

つれづれに呼べば応ふる猫がゐて鬱にもならずゆるりと暮らす

店先に小首かしげて白猫が座る小さき本屋がありて

いづへより降りくる雨か微粒子がけむりのやうに傘の内濡らす

夕光にさやぐ穂芒ふみ分けてまぎれかゆかむ途方もなくて

故はしらねど

唸り声競り合ひをりし黒猫が失意を身よりこぼしつつ来る

受け渡す宅配便の荷のやうに確とは見えず人の心は

訝るもやり過ごす者多ければあっけらかんと何食はぬ顔

罅われし鏡に映る白き貌もののけならむと言へばたぢろぐ

騒がしく争ふ二羽のひよどりの切羽つまりし故はしらねど

痛ましきことかもしれぬ茶番劇まつりのあとに砂塵舞ひ立つ

何事かしきりに告ぐるわが猫よ解《げ》せぬ胡乱《うろん》は捨ておくがよし

夜の森の朽ち葉のかげに育ちゐむ硝子のやうなる銀竜草《ぎんりようさう》は

腑に落つるこゑ

あかときの夢の中なるしあはせは陽炎のやう　捉へそこなふ

まどかなる灯りの下に眠る猫原稿用紙の上に寝返る

白々と夜は明けにけり歌詠みしのちは干涸ぶ蚯蚓《みみず》のやうに

われよりはひと足先に老ゆる猫気まま暮らしの「気」が弱るらし

萌え出でし蓬の若菜つむあした訃報がとどく句点のやうに

靄立てる疏水のほとりあゆむ時かすかに兆す思慕のごときが

腑に落つるこゑが聴きたし哀悼を捧ぐる遺影応へたまはず

何に依りかく累々と石積むや賽ノ河原の深霧の中

川幅を占むる石橋見上ぐれば肥後の石工の美《は》しき力学

去るものの速さにしかず歳月は　草ばうばうと秋の庭あり

願はくは健気なるべし猫もわれも眠る食ぶるに一途であれな

風とほる窓辺

残されし己の時間知らざれば猫と日向に欠伸してをり

わが吐きし言葉がわれに返り来るしばしは一匹の猫でゐよう

ゆるやかに渦をなしつつ流れゆく春川にして水の量感

いきほひて芽吹く草庭やあやあと声をかけたくなるこの朝《あした》

草むらの中より不意にあらはれてイタチは首をのばし見廻す

つるばらの芽が伸びやまず放埒の青茎あまた天を指すなり

風とほる窓辺の椅子に丸まりて眠れる猫の片耳うごく

食卓を囲むうからの足もとを猫がつぎつぎ身体擦りゆく

丘の上並み立つ風車ゆるやかに速度違へて廻りゐるなり

堤防の道自転車で走り行くわれも九月の風とならばや

庭隈に落ちゐる釘を拾はむと思ひながらにけふも拾はず

結末はいかやうにてもおもしろし気が済むやうに背中押したり

完了といふはさみしも年月をかけて編みたるショール紺絣

うから皆猫のやうにぞ気ままなりわれに不都合なければ可とす

寒の夜に猫をさがしてふと仰ぐ天に鎌月しろく尖れり

踏みはづしどこまでも墜ちる感覚に捉はれてをり目覚めてもなほ

野火

見はるかす阿蘇カルデラのをちこちに野火の煙があがり春逝く

燃えさかる野焼のほのほ風を呼び生きもののごとく吼えやまぬなり

枯れ原を炎の舌が這ひしあと黒ひといろが広がりてをり

放牧の不運の牛か草原の地溝に臥せる白骨一頭

なだらかな黒土の丘は芽生え初む野焼のあとの約束として

桜花あはくひかるに寄りゆきて独りあふぐも朝あけの森

沼地より音なくのぼる白き靄土手の緑があはくけむれり

救済はわが裡にありひたすらに貪り眠る青葉の季《とき》を

昼天を仰げば羽毛のやうな月かすかな在り処はや見失ふ

医師の鞄

夕ひかり斜めに射して部屋内に塵の浮遊もかすか流るる

あるがまま受け入れ諾《うべな》ふほかはなくいよよ闌《た》けゆく姑《はは》の老いはも

抱き起こす姑の重さよ　泥濘に足取らるるごとし介護といふは

ジーンズの医師の鞄は格子柄布バッグ肩にかろやかに来る

失禁の身を委ねゐて姑が笑む救はれゐるはわれかもしれず

大欠伸し棚下り来たる猫が舐む「のんびりせよ」とわれの手をしばし

卓上に読む新聞の上にのり猫が寝そべるわれを見よとて

しきりなるその問ひかけは何ならむいら立つ猫よことば発せよ

白菜に塩振るときは軽やかに重石はしづかに首級のごとく

遠来の客と花

不意に来て尾の先ふりてよぎりゆく猫のあいさつ素気なきかな

巨大杉並み立つ境内ほの暗し誰に呼ばるるとなく振り向く

若葉越しほほ笑む如意輪観音のななめ向く頰ふくよかにして

菜の花の道をかけ来る幼児《をさなご》とその母ひかりをまとひてゐたり

「おいしい」とつぶやき口を開けて待つ姑《はは》に食べさす柔らか煮芋

呆然の姑に笑顔をさしだせば幼のごとく笑み返しくる

いつ知らず五感衰ふる老い姑の身を拭きをればわが末も見ゆ

遠来の客と花とにかこまれて生き生きとなる姑の笑顔が

言葉なき身にして自我の強き猫寄りそひ眠るがほのかに温し

送り出し夕べ迎へて老い姑を脱がせて着せて「よく眠ってね」

うす切りのわかき苦瓜かるくゆでポン酢で食ぶる歯ごたへすずし

新たなる障子の破れわが猫の抗議のあかしと諾《うべな》ふ今朝は

いつにても力尽して生きたると思へる姑が静かに逝きぬ

忙しく明るく我を生き切りて逝ってしまへり霞のやうに

白昼夢か

日本地図に見る美しき海岸線を巨大津波が襲ふと速報

連なりて水壁つぎつぎ襲ひ来る津波の映像声なく見入る

整然たる田畑見る間に呑み込みて瓦礫の波が押し寄せて来る

橋渡る車もろとも巻き込みて破壊しつくす恐怖の津波

数万の松が瞬時に攫はれて残りし一本か細く立てり

白昼夢か漁船がビルの屋上に停泊してゐるこの光景は

轟然と窓打ち破り来し波にもがきもがきて助かりしと言ふ

会ひたきにすべなく過ぐる時の間をいかに耐ふるや親亡くせし子

安眠も得られぬ人々思ふとき青葉のひかり眼に沁むばかり

春の花いろどるはずの季《とき》にして瓦礫の原がどこまでも続く

困難は絡まるばかりいかにして救はるるのか数多の人は

東京に虚無感ただよふと震災を逃れて来たる女呟く

見知らぬ貌

行列はゆるやかに行く不思議なる白装束の御田祭りよ

村落にマリーゴールド乱れ咲き幻の中に入りたる静けさ

草引けど延びる地下茎どこまでも断つとふことは簡単ならず

順を追ひ色褪せてゆく紫陽花のひとつひとつのけふの色あひ

公園の木陰の椅子にかけをれば用あるごとく銀やんま来る

放たれて芝生の広場かけまはる仔犬の白毛風に膨るる

足もとをふはりとよぎりまた戻る温き気配は猫のあいさつ

黴のごとひそか増えゆく情ありてあら草刈れば汗が目にしむ

大甕にあふるる水を手に受けて洗ひ流せる草の毒汁

不意打ちにつぶてがわれを撃ちたるにこれ見よがしに転がる栃の実

ふやけたる見知らぬ貌が見つめゐる鏡の中のこれがわたくし

埒もなき繰りごと猫に聞かすれば人の顔して遠き目をせり

半夏生

川幅が狭くなりたるひと処早瀬は意志を見せて流るる

棲み古りし故郷離れてゆく人の昂揚もまた寂しささそふ

咳きこみて鎮まらぬ夜半黒猫がふはり寄りきてわが手を舐むる

呼びかくるわれの声には振り向かず行く息《こ》の辺に白き半夏生

草の葉をゆらす宵風に身構ふるわが探偵猫かなり臆病

何用があるかしらねど界隈をひと廻りして戻り来る猫

水の音はこの世静けくするものか終日の雨に安らぐ街家

木から木へ移り行く鳥見上げつつ哀しき声をあぐるわが猫

見下ろせば幻のごとくわが街は朝の光の中にまぶしも

横たはる夫の体より幾すぢも管伸びてをり白き病室

手術受け数日過ぎし君の目は澄みて秋空映してをりぬ

丁寧な針目たどれば捨てがたし母が縫ひたる古きねんねこ

道端に黒き塊ころがれり物となりたる一羽の鴉

海の辺の舞台に能は舞はれをり鎮魂の祭月も照らしぬ

笛の音は高くひびきて魂のさけびのやうに海へのびゆく

頑固先生

荷をくくる紐が動けばがむしゃらに猫が引っぱる獲物のつもりか

うすら氷も溶けたる真昼小鳥来て鉢の水飲む喉上に向け

冬庭の地べたに丸くうずくまり猫は微かの地熱に安らぐ

瀬戸火鉢ほの暖かきに手をかざし炭火の色をぼんやり眺む

北向きの小窓の枠に納まりて飽かず何をか見てゐる猫は

冷やかな一瞥をくれ眼の前をよぎり行く猫しばし見送る

樹上より声をかけ来る植木職この枝伐らば空広がると

四肢白く背中は黒く胸しろきタキシード猫は頑固先生

この家は「頑固先生」とふ猫が人従へて意のまま暮らす

やうやくに歌の十首を詠み了へり　朝《あした》の庭に猫が出でゆく

身を擦りてさびしがりやの猫なれど己の意思はしかと貫く

おとなしく声も出さずに抱かれてシャワー浴びゐる泥まみれの猫

ひかり透くみどりの葉陰につつまれてわがゐる部屋は水底のやう

水中を明るい方へ泳ぎゆく夢と知りつつあかるい方へ

林間の陽あたる場所にむれて咲く一輪草のちさき白花

蒼穹は棒庵坂の上にあり飛び交ふ蜻蛉シルエットなす

ボタンの本意

いまひとつ味を緊めむと一滴の醤油おぎなひ黒豆煮あぐ

刃物屋で研ぎし包丁でひく鰤《ぶり》の刺身の切り口まこと鮮《あたら》し

今まさに屋根の骨組み崩れゆく眼前の火事空ごとならず

焼け跡にグニャリと曲がる鉄筋と広がる空間焦げし臭ひと

歳晩に類焼したる江見さんは他人の分もお節つくりき

草の根元ちさきむらさき蕗の薹和毛《にこげ》うすきも元朝の庭

「人生は落丁多き本なり」と龍之介言へりいかにか終へむ

掛け違ふコートのボタン本意またひとつずれてる息子とわれの

定まらぬ煙の中に渇きゆく事のなりゆき風評もまた

清からぬ霞の中に入りてゆくＰＭ２・５のよどむ阿蘇谷

風花が舞ひよる窓にひかりさしわが狭量はいづこへ擲《な》げむ

こころある風

海面を分かつ一本の線が見ゆ暖流寒流ぶつかるところ

積載量超え乗船の人々に窓すれすれの海面が見ゆ

ひとまはり五キロほどなる島なれど何にもなくて何でもあると

陽だまりに猫と人とが分かち合ふ漁りの村のこころある風

知安孝行《ちゃんここ》、八匹雷《はっちかんかん》なる菓子をリュックに詰めて五島より帰る

いづくにか雲隠れにし家猫は客帰りし後すぐに現る

「ほんたうは人間かしら」猫といふ小さき有情とともに棲むなり

七人の兄弟姉妹うち揃ひ七十歳こせばこの世賑やか

己が身をいつも犠牲にする母にいら立ちゐたり若き日われは

七人の子を育てしは柔和なる母の忍耐と父の我儘

人が好きお酒が好きで花が好き保之爺さん今はなき父

朗らかなる父の一生《ひとよ》と思ほえどわれいくたびも返信せざりき

話聞かせよ

待たされし留守番の猫帰り来しわれにまつはり何ぞ言ひをり

ほたほたと猫の足裏《あうら》の気配ありわが眠るとき胸に上り来

霜しるき朝《あした》の庭に蕗の薹未だ小さきを六つ摘みけり

つつましく老いて行くなり季の幸と蕗味噌を添へ白粥を食ぶ

並びたる欄間の写真に見られをり疚《やま》しきことはござらぬけれど

確実に減りてゆくなり持ち時間息子ときどき話聞かせよ

水仙の簡素に咲くを見てありぬ有漏《うろ》の身われもすつくと起てよ

劇場を出づれば街は雨の中ショール被りて小走りにゆく

この朝は金峰山が近く見ゆ雪を冠りて晴れてゆくらし

羅漢像

道の辺にごま粒ほどの赤き花ほとけの座なり春の陽のなか

蓮華田に建つ小御堂に陽はさして観音像の黒きが見ゆる

古寺の裏木戸上り朽ちかけの御堂に並ぶ羅漢像見き

薄暗き御堂に仏像ひしめきて沈黙のなか百体百相

書き散らす三十一文字読まれざるいづれ未完の遺書かもしれず

刈草がやうやく乾くに白雨来てまたも濡れたり八月晦日

方形の箱に納まりわが猫が満足さうに四角に眠る

歳重ねしだいに人間めきてくる猫が昨夜は寝ごと言ひけり

麒麟が見ゆる

いつしらず疑念のやうに地下茎は延びはびこりて秋の草庭

ケータイの番号尋ね登録すたつたそれだけのことに梃摺《てこず》る

猫と家族相互依存といふべきや長生きしようと話しかけをり

動物に逢ひに行かむと思ふとき園の外より麒麟が見ゆる

歩幅との相性わろき石段の黒きくぼみをのぼる黄昏《たそがれ》

相談をしたきに言葉みつからず母にはつひに明かさず過ぎぬ

縫物の途中で糸を継ぐときの結び方をば教へくれし母

大空に架空の槍を投げたれば美《は》しき軌跡の手応へありぬ

首都に降る雪の景色に遠くゐてはるかなるものなぜか美し

しろたへの雲

綿菓子に包《くる》まるるやう　さくら花一気に咲くをことほぎ潜る

白妙の雲に入り行くここちして桜の間を往ったり来たり

わりなしと酒浴びるほど呑みし兄祭壇に見るよき笑顔なり

気化しては煩悩けむりと消えたるか火照りを放つうすき骨片

焼けつくすことの清しさほろほろとしら骨の兄つぼに納まる

法要を終へて帰りの成趣園はらから老いて父母に似る

泉水に五月の風が吹きわたる杳き日のこと話は尽きず

蝸牛の軌跡

スマホにて涼先生が見せたまふワレカラといふ海の生き物

恐竜の背骨のやうにほどけたる飛行機雲あり群青の空

寄り道し墓苑のすみに御座《おは》しますす鼻欠け仏に手を合はすなり

重き荷を負ひて詠まれし『畑野むめ全歌集』よめば登山のごとし

進退もひたむきなればあえかなるひかりとなりて蝸牛の軌跡

風に鳴る欅大樹に人格が在りしと思ふ伐られたる後

乾果実カリポリ音立て嚙みをれば猫が寄りきて立ちかかるなり

ときをりの風にしつぽをあそばせて窓枠に嵌まりうす眠る猫

猫の耳うごけば畳にのびる影細長く耳の形に動く

呼ばれては帰りくる猫全身にゐのこづち付け愉しかりしか

谷ごとの藍のいろあひ深くなる暮れてゆく間を山はひそけし

然すがに人は老いゆく自らの力を知りて陸橋わたる

跋

猫と地下茎

斎藤典子

さとうひろこさんは熊本市在住の方で、お会いした印象は、落ち着いた風情のなかに芯の強さを感じさせる方である。数年前、熊本市で九州歌会が催されたときにもお会いしたが、その時の柔らかい披講の声が今も耳底に残っている。以前さとうさんはエッセイに、三十歳のころ、亡きお母さまが病床でつづった短歌を読んだことがきっかけで作り始めたということを書かれていた。そこからさとうさんの創作意欲に火がついたように、精力的にいろいろな場に積極的に参加され、研鑽を積んでこられたと聞く。そして縁があって「短歌人」に二〇〇五年に入会されて十年余が経つ。私は「短歌人」に入会されてからの作品しか知らないが、初めてさとうさんの短歌と出会ったとき、すでに一つの世界を築いている人であると思ったのも、うべなるかなというわけである。

さて、この歌集は大きくⅠ部Ⅱ部に分かれている。Ⅰ部からの作品をいくつか抄出する。

森深く隠れ住みたく思ふ日は凪よ山姥のごと奔らせよ
天かける魔女となりたきこの夕べ茜に塔は鋭《と》く浮き出づる
髪撫でて恐くなかりし鬼ばばは白花つばき手折りくれしよ
森深く生きむか　凪よ奔らせよ山姥《やまんば》となり野を駆けゆかな
ムンクの絵の叫びの貌に出会ひたる　夜半の鏡に月光《つきかげ》させよ

「山姥」「天かける魔女」「鬼ばば」などの作品には、恐れられ疎まれながらも生命力あふれる自由な存在への憧れが感じられて、異界の世界に誘われるような気分にさせられる。また鏡に、ムンクの絵画「叫び」のなかの貌と自分の貌とを重ね合わせる作品は、不安が増幅する仕組みとなって歌われている。「鏡」に「月光」という取合せも美しくもまがまがしい雰囲気を醸し出している。このようにいわゆる観念的文学的な匂いのする作品がある一方で、

夫と子と四人そろひて夕餉とるただそのことを良しとし日継ぐ
二人子の争ふ双方に加担して年の終はりを愚多愚多の母

のような日常に題材を得た作品もある。これらⅠ部の作品を読むと、さとうさんが短歌を始めてから、さまざまな作歌活動の場で出会った歌人たちのエキスを吸収し、触発されながら、自らの表現を得るために格闘してきた過程がみえるようである。そのひたむきに進んできた足跡を刻むという意味でも、かつては歌集を出すことは考えていないとおっしゃっていたが、やはりまとめられてよかったと私は思っている。

Ⅱ部はⅠ部とは作品の色合いが違っていて、どちらかというと気負いや抽象性をそぎ落

とした感のあるⅡ部の方に、私はより多く注目する作品があった。Ⅱ部は猫との生活を核に、生活に根差した歌いぶりが顕著に見られるようになる。それは故郷熊本に帰ったことが、作歌の上でもターニングポイントになったのだろう。次の作品にはその一端が見られて佳作であると思う。

紙の鶴を折りゆくやうに丁寧に生きたきものをこれよりの日は
ふるき家に古雛《こびな》かざればふるさとに帰りつきしといふ安堵かな
並びたる欄間の写真に見られをり疚《やま》しきことはござらぬけれど

東京都心に近い街での生活はたぶん新奇なものに出会い、活気に満ちていたであったろう。壮年期はそれはそれで充実した時間を過ごしていたことと思われる。しかし、人生の後半期に入るとき、帰るべきふるさとがあるということは幸いなことだ。古い塵を払い、家を清浄にして、雛を飾る、ご先祖様に見守られている、そこに確かな精神の安定を見る。

さて、昨今は猫ブームらしいが、さとうさんの場合、ただの愛玩動物ではない、自分の感情のかたちとして猫がそこに居る。猫の歌を読んでいくうち、作者の感情なのか猫の感情なのか、分別がつかないような気分になってくるほどに、さとうさんと猫との間には不離一体の結びつきがある。猫の歌いくつか。

白黒の仔猫一匹棲みつきぬ幸の具体はこの猫にして

一読、猫との幸福な出会いを感じさせるが、「幸の具体」という表現の意味が深い。幸せというのは抽象的で形がみえないが、それにしても「幸」という具体的な手触りが仔猫というところを、穿って読めば、「幸」とはかくも頼りなくはかなげなものだと作者は言っているようだ。

わが吐きし言葉がわれに返り来るしばしは一匹の猫でゐよう

相手は誰にしても厳しい言葉を吐けば、返り血をあびるように自らも傷つく。人語を解せぬ猫でいるという処世術は、人との摩擦をさけることでもある。しかしその分、心の中に澱のように鬱々としたものが溜まっていく。飄々とした歌いぶりでありながら、苦みの残る、屈折した思いが伝わってくる。

何事かしきりに告ぐるわが猫よ解《げ》せぬ胡乱《うろん》は捨てておくがよし
しきりなるその問ひかけは何ならむいら立つ猫よことば発せよ

ここにもただかわいいだけでない猫がいる。何かを訴えてくる猫、苛立つ猫。猫以上に何事かを訴えたいのは、また苛立っているのは自分。自分の心を体現化しているのが猫の肉体である。

しかし、考えてみると、作者が猫という存在にこれほど感情移入を強くしても、現実の猫はわれ関せず、とんと作者の気持ちなど忖度していないことだろう。猫はただ猫としてそこに居るだけだ。そう考えると集名を『呑気な猫』としたことに、その含意を読み取らなくてはいけないような気がしてくる。

ところで、改めてさとうさんの作品を再読していくうちに、さとうさんが本当に歌いたいもの、心の底にある名状しがたいものを私は捉え損ねているのではないかと、ふと気になってくる。たとえば次の作品、

草引けど延びる地下茎どこまでも断つとふことは簡単ならず
いつしらず疑念のやうに地下茎は延びはびこりて秋の草庭

この二首に歌われている、見えないところではびこっていく「地下茎」は、心の奥に潜む正体の知れないものを象徴して見せてくれる。「地下茎」とは一体何なのだろう。さとう短歌を一言でいうなら、もしかしたらこの「地下茎」を歌うことではなかったか。多か

れ少なかれ、表現する者は誰でも抱えている問題であろうが、自分の心の奥にはびこるもの、言葉として拾い得ざるもの、さとうさんは短歌に出会った時から、それを確と捉えようとして、今まで短歌を続けてきたのではないだろうか。「それは何か」という「人生のたったひとつの質問」に対する答えを、さとうさんはさとうさんなりに、追い求めてきたのだと思う。

　確実に減りてゆくなり持ち時間息子とときどき話聞かせよ

「確実に減りてゆくなり持ち時間」少々寂しい気持ちにさせられる作品ではあるが、それでも、これからも肥後の国より、ますます滋味掬すべき短歌を届けてくださることを期待してやまない。

二〇一六年四月

あとがき

ひた泣きて訴へたりし幼の日よりわが身に添へる不安といふもの

最近まで、自分の歌集を出すことなど考えていませんでした。自分には無縁のことと思っていました。あるとき、尊敬する歌人の方に「歌集に纏めておかないと短歌は消えてしまいますよ」と言われて、そうかもしれないと思いました。小さい時にひたすら泣いたように、中年以降の私は、想いをひとに訴えたくて、短歌を詠み続けたのかもしれません。齢を重ねれば老成するのかと思いきや、七十歳過ぎても、内実はおぼつかないままで、短歌は「生きる上での杖」の役割を果たしてきたと思います。この自分を支えてくれた短歌を残したいと考えた時、「自分がいま在ることのありがたさ」に気が付きました。

熊本独自の表現に「のさり」という言葉があります。「天の賜り物」というような意味ですが、マイナスの事柄にも使い、今ひとつ解らず、「のさり」なんか要らないと思っていました。

この歳になって「のさり」と「ありがたい」とが表裏一体であることに思い至り、熊本の「のさり」という言葉の奥ゆきの深さを知りました。

この歌集を出すにあたって、惜しみなく力をお貸しくださった、「六花書林」の宇田川寛之様、「短歌人」の斎藤典子様、柘植周子様に深くお礼を申し上げます。

これまでに出会ったすべての人にもあらためて感謝申し上げたい気持ちです。

そして何かと応援をしてくれた家族には感謝あるのみです。

みなさま、ほんとうに、ありがとうございました。

二〇一六年四月

さとうひろこ

さとう　ひろこ（本名　佐藤　宏子）

一九四一年　熊本県生れ
一九八七年〜一九九三年　福島泰樹主宰「月光」会員
一九九二年〜一九九五年　国学院オープンカレッジ阿部正路教授「和歌の歴史」に続き「柏短歌会」
一九八七年〜二〇〇四年　安永蕗子主宰「椎の木」会員
二〇〇五年〜　「短歌人」会員
「日本歌人クラブ」会員
「熊本県歌人協会」会員

〒八六〇－〇八五二　熊本県熊本市中央区薬園町一〇－三四

呑気な猫

2016年 5 月20日　初版発行

著　者――さとうひろこ

発行者――宇田川寛之

発行所――六花書林
〒170-0005
東京都豊島区南大塚3-44-4 開発社内
電 話 03-5949-6307
FAX 03-3983-7678

発売――開発社
〒170-0005
東京都豊島区南大塚 3 -44- 4
電 話 03-3983-6052
FAX 03-3983-7678

印刷――相良整版印刷

製本――武蔵製本

定価はカバーに表示してあります
ISBN978-4-907891-26-8 C0092